물이 되어 저물도록

물이 되어 저물도록

김수려 시집

북앤피플

안 계신 어머니께 바칩니다

시인의 말

말들은 길들여지지 않고
나는 무안당하기 일쑤다
그들이 손아귀에 쏙 들어온다면
그러면
나는 또 싫증 내겠지
본질대로 떠돌아라
말들아
잡으러 떠돌 테니
나는
기꺼이 채여 줄 테니

2018년 11월
김수려

물이 되어 저물도록

차례

2부

3부

4부

발문

1부

만져지는 이야기

올봄엔 송화 가루를 맞고야 말겠네

노란 그 시절 그리움을 잡고야 말겠네

눈먼 화 가라앉힌 아재를 산길에 앉히고 말겠네

검은 모래의 말소리 듣는 아재는

아픔도 슬픔도 손끝으로만 듣는 아재는

만지고야 말겠네

아들이 있다는 돈 벌러 갔다는 큰 땅의 바람에 실린

아 이야기들 재채기들

모래 소리를 듣고야 말겠네

송화 바람 코로 듣는 저녁 산길은

노랗게 기우는데

헤엄

꿈은 가을에 이루어진다
긴 팔 맨살이 수축 모드로 파래질 때
헤드라이트들이 어스름을 약탕처럼 풀어놓을 때
거리의 빵으로 부화했다
꿈
틀어지지도 않고
얇아지지도 않고
꿈
나란히 나란히 밝히는 부동의 침묵

작년 그 소년의 조금 자란 손을 거쳐
조금 커진 입으로 들어가도
기억은 닫지 않아
길모퉁이의 폴리비닐 그 어항에서
뜨거운 쇠틀에서
뜨거워도 목적에 있어 잠자코

부푼다
부레의 리듬 타는 얇은 막
앞으로 옆으로 민다
쾌활해진 꼬리

꿈벅 슴벅 닫고 연다
총기의 눈들

백악기의 물살 느리다
소년의 발길질이 뒤따라 헤쳐나간다

아무 말도 하고 싶지 않은 날

눈 덮인 산길로 남자들이 걸어 올라갔다

검은 숲 위로 새 몇 마리가 날아올랐다
가지 끝들은 포개진 냉기에 겹쳐 떨었다
방금 떠난 발가락 자리의

지난여름 소름서는 새벽
소년 뱀 한 마리가 풀숲에서 나와
건너편으로 기었다
남자들이 밟은 이슬 길을 가로질러

대가리를 세우고 고요를 쫙 뽀갰다
풀숲은 잠결에 뱀을 받았다

잠의 이슬들이 떨어지고 살갗에는 숨골이 패었다
가는 꼬리를 할딱이며 돌 더미를 돌았다

선의를 입히지 마라 악의 비늘이 벌어진다

눈 쓴 숲 바닥은 여름 그놈을 잊지 않았다
옛날의 낙엽들은 아직 숨을 쉰다

알 슨 개울 얼음 아래가 포근하다

서리 장미

늦어도 할 일은 하느라고
분주하다

울음 끝에 매달린 마음
달랑
하나라고 허투루 보지 말란다

너 오면 내어주려고 붉힌
얼굴 한 점이여
초록이 없어도
빼어나다

고온

여름아 에어컨이 없다
여름아
당신이 에어컨 사는 날
세상이 정지되는 날
산소의 땅 갈라지는 날

극냉수 잠수 두 번으로
온도는 기꺼이 꺼진다
앙트리움 새빨간
혓바닥들아
내다보아라
다시 켜졌을 것이다
정지되었을 세상을

전자계에서 온
안녕들이
빨갛게 집어넣어, 한다
식는다
태양과 멀어지고 싶은 별의
어느 끝에서 오는 소리로

봄2

흰 너울 아래를 걸어갑니다
너울이 찢어질까봐

생각의 양과 무게를 최대로
줄입니다
가벼워질 대로 가벼워집니다

위에도 너울이 덮고 있습니다
두껍지만 그늘을 만들지 않습니다

기둥들이 기쁘게 받쳐줍니다
기쁨 덕에 위의 너울은 내려앉지 않습니다

두 너울 사이를 흰 웃음들이
동그랗게 동그랗게
반만 어둡습니다

그렇습니다
기쁨은 서로를 받쳐주는 폐허의 꿈들입니다

오월

햇 솔방울들 여린 갈색 짙어지는 오월

소년감자 주먹 대가리 울근불근 휘파람의 오월

빨래가 잘 마르는 오월

숲으로 난 오솔길이 좁아지기 시작하는 오월

한 번도 끼지 못한 놀아보지는 더욱 못한 축제의 오월

찔레와 장미가 영토 전쟁 벌이는 피 터지는 담장의 오월, 오월

보고 싶다 적은 쪽지를 빗물에 지워 보낸 오월

노란 눈물 하늘로 뿌린 붉게 뿌린 남도의 오월들

그 오월 이 오월

오월은 나의 달이 아닌 너의 모두의 달

살겠다는 달

오월을 한 번에 품어 보고 싶은 오월의 사람들은 울어도 이제는 웃는다

오월이여, 사랑도 슬픔도 찬란에 넘겨주리라

오월이여

한 몸으로 한끝으로 다가설

색채들 흔들리다

나뭇잎 저 홍갈색은 꿈보다 더
먼 곳에서 왔고
침묵을 어루만지는 손들은 나와
그대의 석양을 이어주고
몇 활개 앞서 간 늙은 새의
노래에 생기를 넣어주네
순서를 잊은 색채들의 마지못한 배열
떨리다가 흔들리는 가지들은
바람 교성곡의 반란과 환희
나란히 바라보는 능선들의 굽은 허리를
보라
아 보라
소리들이 숨어드는 어둠의 속은
낮아서 침울한 자디잔
빛들로 물결치네

부호의 근원

내가 울면
그대가 올 줄 알았지
선사(先史)의 노래
온 힘으로 피를 섞어
부르고 불렀지
낮잠들을 부숴놓았지
불러도 그대는 내내
오지 않았지
불러도

내가 받은 단 하나의 기호
길고 날카로운 부름을 잘게 썰었지
뜨거움을 기다림을
떨어진 조각들
결정적인 바람에
날아갔지

가늘고 흰 부호들은
쓰르르쓰르라아아ㅁㅁㅁ
제 각각의 길을 갔지
저 만 길 근원에 계신

그대여
환생으로 올라라 풀 수 없는 기호
언제든 다시 ㅁㅁㅁ

시월

단풍색을
묶어서
커텐 박스에
걸었다

졸았다

소나기의 끝을 잡고 맹목적으로 뛰어
가다가
바람의 목마를 탔고
밤의 무릎에 앉아 졸았다
깨었더니 새벽의 등에 업혀있어
자장가를 발길질해 미안해하면서
뛰어내렸다
햇살은 내 머리채를
거머쥐고 앞마당을 휘돌았다
나는 서늘한 한기에 젖어
아침 성가를 부른다
위로 빳빳한 머리칼
주여
나에게 나에게
펄 펄 튀는 피와 위안을 주소서
뜨거운 시간을 희유하게 하소서
한 떼의 소나기들이
추억을 만들어 오전을 다시 희롱하였다
솟는 긍정으로
나른다 웃음들

매미

목청 센 곡부여
너무 길구나
올 슬픔은 그만하니
내년 슬픔에 와다오

비

취색 박쥐와 검은 날개가 있다

회색 빗금들은 날이 서 있다

사이

운명들이 떨어진다

울지마라

사랑의 말들

세계 지붕 아래

늦게 오는 짧은 저녁 빛들이여

우듬지 가운데로 뻗는 대행성은 안다

발자국 소리 너머

너머로

매혹의 꿈의 부름들

있다고

너는

먼 길 가는 노래 속에

맨발 딛는 새벽으로 살아나리

연두의 발기

늦 정열이 탱천

몇 개의 발기

돌돌 말린 갱년기 잎사귀 몇

늘어진 사타구니

경쟁은 젊다 연두 주먹질

기세는 예스럽더라

다음 날 아침

서리 맞은 울타리 아래

낙하한 중절들

불복종의 피 눈뜨고 엉겨

좌절의 분노

재생하리라

2부

플라타너스

나는
왜
줄
을
섰
나
너에게
가려고

손님

어제는 마티스가 다녀갔어요
오늘은 매미가 다녀갔고요
내일은 참새 새끼들이 오겠지요
봄에 깐 녀석들인데 이제는 새끼가 아닌 것 같아요
몸집이 불어나서 가지에서 까불 때 가지들이 크게 흔들리는 게 보여요
모레는 멈포드가 다녀 갈 것 같고요
악기도 두고 가고 장미 열매도 두고 가겠지요
언젠가는 양산도 놓고 갔어요
내게 오는 날마다의 아침마다의 것
그것은 내 심장을
뛰게 하는 세인트 아이브즈죠
언젠가는 나도 그들에게 선물을 줄 거에요
그물을 없애는 것 더 가까이 다가오게 하는 것
것도
너머의 더 너머의 세계를 보여주는 까치발은
나를 깊어지게 해주는
무엇을 준비할지 생각하는 날의
저녁의 사각은
창
뒷 창
이 창으로 퍼져 들어가요 우리

꿈

어딘지 가야 하는데 버스를 타야 한다고 했다
사람들이 많았고 사람들 틈에 끼어서 걸었다
바삐 걸었다
차 시간이 알려져있지 않은 것 같다고 했다
그래서 더 빨리 걸었다
길은 가늘고 들판 가운데처럼 주변에 집이 없었다
사람들은 말을 주고받지 않았다
흑백이고 겨울이고 그런데 더웠다
걷기만 했다 놓치면 안된다
한 사람이 뛰니까 모두 뛰었다
숨이 차고 다리에 통증이 올라왔다
참느라고 눈감았다가 떠보면 사람이 줄어들어 있었다
카르티에-브레송 사진에서 본 S자가 몇 개 붙은 것 같은
길이 나왔다
드디어 차 타는 곳에 왔다고 했다
듬성듬성 서서 긴 숨을 뱉고 뱉었다
앉는 사람은 없었다
차는 오지 않았다
성스럽게 기다렸다
아마 지나갔을지도 모른다고 했다
주저앉는 사람들이 보였다

딴 삶으로 가는 차는 이미 떠났나봐
나는 계속 서 있었다

아직 글이 없습니다

옷을 찾으려고 다락에 올라갔습니다
다락에는 것들이 많이 있습니다
것들 중에 제일 많은 것은 헌것입니다
아는 헌
처음 보는 헌
조금 남은 헌
억울한 헌
값나가는 헌
분노의 헌
들은 이야기를 많이 가졌습니다
또한 높습니다
헌것이 되고 싶었습니다
그 저 새 아닌
헌 헌이 되려고 기다렸습니다
건장한 헌이 되고 싶었습니다
기쁜 헌을 보태고 싶었습니다
헌 헌 무더기를 밀어놓고 기다렸습니다

소리들에 부스스 깨었습니다
여기서는 헐지 않아
빛과 바람이 없으니까

일과

밸브가 열렸습니다

빛을 열었습니다

오 냉담한 시작이군요

3분 후에 밸브가 잠깁니다
2분후

1분 후에 밸브가 잠깁니다
1분후

밸브가 잠겼습니다

빛을 잠갔습니다.

다운되고 업되다가 다시 다운된
태양 빛을 조금 묻힌 해방의
말들이 닫힌
그렇군요
내 구간이었습니다

자판기

한잔 하자 권할 수 없는 커피가 있다

한번 보자 청할 수 없는 친구가 있다

한번 안자 원할 수 없는 연인도 있다

세기의 핏자국
물고 넘어가는 노을을 노래한다
규격의 사각에
입들이
귀들이
팔들이 잘려나갔다

노래하지 말자
구원하지 말자
영원하지 말자

빠빠샤! 도 레 미 파 하 하 하
돌려다오 나의
값비싼 무의미
나의 전통 희롱
전격적인

물이 되어

둥근 너 모난 나
만나고 섞이어 흘러가네

가며 쉬며 깨어지며 바라는 것 있네
세상 끝의 아득을 바라며 뒤척일 때

먼바다 낮은 흐름
퍼져오는 진동을 듣네

새끼와 엄마 고래야 정답구나
혀짤배기 부름과 느릿한 응답
곁 들으며 가네

너와 나
태어나 저물기 위해 흐를 때
너와 나

가는 길은 오직 하나 여겨두는 것 있네
가족 고래는 살가와라
휘파람 탄 평화의 동선들

낯선 해저 근심은 잊을까
저녁 물은 편안하구나

반짝이는 새벽 비늘들을 타리
모 없는 듀엣의 길이 되어

고흐를 만난 밤

영하 17도가 예보된 날 저녁 7시 운동하러 나갔다
공기는 쟁글 쟁글 얼어있었다
저 아래 호수에서 불어오는 보리나주 톱 바람
얼음은 빡세게 몸을 조였다
얼음을 깎아내며
터널을 만들며 빠르게 걸어 나갔다
운동장 돌기 네 바퀴째에 귀가 바깥부터 얼었다
아픈 귀를 장갑 낀 손으로 잡았다
귀가 짝 떨어져 나왔다
피도 안 나는 귀를 들고
짝귀 그림자를 밀면서 나아갔다
노란 집 아래층 간이 슈퍼 전광 입간판
앞에서 그림자는
사내가 되어 발딱 일어섰다
민 귀 남자 그는 떨어진 귀는 다
자기 거란다 내 것은 몸집 작은 그 여자가 가졌소
들을 필요가 없으니까
웅성거리는 사람들
중에 없는 가셰 박사가 손을 내민다
다가가서 귀 짝을 얹어놓는다
생 레미 요양소는 아직 멀었다

별이 차가운 밤
테라스는 비었다
파이프에서 시작된 흰 선들이 별을 향하여 흩어졌다

안 맞아도 안 돌려줘도 돼요!

세상을 잠그다

나는 나야
제 3자가 되려고 한 적이 없어
평등을 입증하기 위해 불평등을 사용한 적이 없어
죽기 위해 싸웠어
오 혼자
혼자는 나였어
세상의 일부로 붙어있음이 힘든 줄은 알아
무엇이든 한꺼번에 주지는 않아
하나씩 가지라고 하나씩
하나의 맛에 입술을 존재를 대었다

불처럼 뜨거운 맛이 환경이었어
삶을 들고 있는 신을
사물의 씨앗을 부풀려 모습을 만드는 신을
존재의 열매로는 나는 처음으로 깨져 나갔다
오므리지 못한 입안에 고인 피를
들고 나간 척하지 마라
있음으로 있어 보지도 못하고 깨진다
피를 뱉아 세상을 잠갔다

앉아도 될까요?

앉아도 될까요?
쉬고 싶은데

날 때는 발을 움직이지 않는
새야
날갯짓에 방해되지 말라고
침묵시키는 발들은

딛어도 될까요?
닿고 싶은데

떨리는 검은 가지 위에
잿빛으로 엎드린
서리 내린 짚더미 위에

디밀어도 될까요?
당신의 손길이 닿은 뜨듯한 서류에
무색하다 공손한 나의 두 손아
부모 새와 동그란 엉덩이는 꿈이었나요

날개는 가쁜 소리 광속을 비껴가고

발들은 깊은 소거 음속에 촉을 세운다

조화롭고 싶은데요
오르고 싶은데요

입맞춤

그 젖내 달구나
아가야
사랑은 이제부터

이 담배 냄새 쓰구나
연인이여
사랑은 이제
끝

말들

아무 말도 하고 싶지
않은
날들을
데쳐서 널었다

숨통이 막힌 초록의
말들이
물집 생긴 소리들이
꺼먼 자유가 되어
호흡곤란으로
말라갔다

가자
비밀의 숲으로 우리는
햇살 깊은 댓닢 푸른 숲으로
우리는
아자
말들을 향하여
기맥을 뚫으러
아자

지금 뭐하고 있어요

아마 지금 저녁 먹고 텔레비전 보고 있나요?
아니면 밖에 나가 몇 바퀴 돌고 있나요
먹은 것 삭히는 동안
지친 해는 넘어가고 피로의 기색만 조금 남은
불만의 붉은 기색을 올려다보는 동안

언젠가
언젠가는 아니고 재작년
병실에 누워 창밖을 내다볼 때
새 두 마리를 보았지요
두 마리는 가까운 거리를 유지하면서 날고 있었어요
멀어지지도 않고 가까워지지도 않고
같은 간격으로 날았어요
한 쌍인 것 같았어요

쌍이 그리는 행선은 공기가 따라가며 지웠어요
차진 않지만 따뜻하지도 않은 사이
손짓 두엣은 묵념의 짓이었어요
애쓴 자국은 남기지 않았어요
아무 것도 없는 빈 하늘
행위 순간은 먹혔어요

우리 지금 뭐할까요
세상이 우리를 지워도 우리는 낮게
갈 길을 가요
물살에 금긋기
없었음을 가요

15와 19

15구역에 살 때는 15가 친근했다
쏘고 쏘는 한기가 있어도 인내를 조종하며
반란의 혈 되쏜다
곱은 손들 주머니에 넣으면 볼멘 손가락들이
쉬어서 좋지, 접힘이 더 접혔다
그리하여
이불이 흘러내리면 소름에 깨었다
일어난 김에 상자에 한 번 접속해 살가운 소란들 읽고
좋지,
발랄의 요정들이 모니터를 채웠다
꿋꿋한 날 서는
시 네 집

버럭 버럭 때가 흘러 19구역에 왔다
19에는 금기가 없지 운전도 하고 섹스도 하고
쫓기지 않아서 자다 깬 적은 없다
이미지들이 상징들을 배척하고 꿈은 미지근
여러분
15구간의 긴장은 먼 곳 태평하게 잊는다
게으름이 성장을 자축하는 곳
아픔 없는 손가락은 쉬지 않고 타자하지 않고 논다,

빠져나가는 모래알의 영혼

산문 네 집

빨간 잎

잎술 두 장이 새빨갛다
초경은 거기서 시작되었다
지하철 칸 칸의 잎술들은
위로 아래로 나부낀다
팔랑 팔랑 미래여 오라 오라 손짓한다

여성과 남성이 분리되고
엄마와 아빠가 중세로부터 넘어왔다

10대에 돈 벌러 일본에 간 큰 이모가 보내준 용돈으로 빨간 꽃핀을 사서 머리에 꽂고 선창을 뛰어다닌 엄마의 사춘기 좁은 항구는 초경을 일찍 배당했다 엄마의 요강은 빨갛다 엄마 볼은 빨간 잎들의 허공이다 나는 잎에서 태어났다

잎술들은 빨강을 앗기고 회색이 물든 패장으로 모셔져
설합 바닥을 지킨다
과거여 가라 아니 오라
바닥은 허공의 추억이다
돌아온 시작
더는 빨강을 감당하지 못해 건조하다
더는 나부끼지 못해서 눕는다

염색

앞에만 시간 들인다
뒤는 생략한다
몰라도 된다

없다
안 보이는 것은
빈 생아

아닌 것이다

월중(月中)

아직
데이터가 2메가나 남았다
아직
살아 보라 한다

빛을 안다

내가 다가가면 스윽 켜지는 그대
내가 멀어지면 스륵 꺼지는 당신
나를 걸고
나를 풀고 헤아리고

같이 자고 싶어요
옷 입은 빛은 어떻게 껍질을 눈뜨게 하는지
어떻게 가시를 눈감게 하는지
같이 일어나지는 못해요
빛을 벗은 살들은 울어요

일어날 때는 발가벗은 빛이 당신과
일어날 때는 그 빛이 나를
나누어
달아난 지난 뼈들을
따로 몰라보게 해요

센서의 동력이 다하는 날
어디서 당신을 밝힐 힘을 가져올까요
내가 기타로 배제되지 않게 해주고
등등으로 저물지 않게 해주던

그대 온화한 포위

침묵의 우주 밖으로
발광의 세계 밖으로
외마디의 집 밖으로 비워둔 투명을 배웅해요
그러고도 욕망들은
최초의 좌초를 잊지 않으니
던져볼까요
하루의 낚시의 빛의 낯

배낭

채우고 비우고 채우고
비우니 몸은 낡아간다
비우고 채우고 비우고 채우다가
너는 헤져간다
비었다 채워 달라
보채는 장을 안고
장 보러 가는 오후
등에 업힌 장 너풀거리는 실밥아
바람이 희롱하나
햇살이 맴을 도나
오래전 꼭대기는 불렀으나
올려다보기만 하다 지칠 뿐
고개는 떨어진다
홀쭉한 주머니 가만히 엎드린다
두 생이 마주 보고 히죽
저물고

작은

작은 새여
작은 나무가 기다린다
작은 심장 작은 떨림들
작은 슬픔 작은 것들의
묘안석 반짝임들은
늙은 막힌 것들을 뚫는다
너의 깃털들 수줍은 그 곳

작은 종아
작은 눈물들이 달아난다
작은 이별 작은 설렘
작은 소리들을 뒤쫓자 겨울 저녁의
어스름 우듬지 속으로
박새 형제가 천년
닫힘을 쪼는 곳
너의 입술 따스한 곳

3부

씀바귀

나는 쓰다
고로 버려진다

나는 안다
고로 앞서간다

나는 고친다
고로 따돌리운다

투약

오늘 하나가 발아래 떨어졌다
밟으면서 걸었다

바스락 바스락 천천히
부서진다
오늘 하나

뒤돌아보았다
내가 거기 뒤돌아선 내가
의지에 상관없이 걷는다
내가 밟은 오늘이 흰, 으로 바스라져
눈으로 깔려
지나온 길은 지워진다

바스락 바스락 천천히
오늘 둘

나는 작아지고
흰, 들은 커지고
흐리다

더는 부서질 것이 없을
때까지
바스락 바스락

깊은 밤에

깊은 밤 비가 내린다
똑 똑 똑
낮게 두드린다
언제일지 모를 나의 그 시간을
두드린다
똑 똑 똑
시멘트 바닥이 울리면

똑 똑 또독
해어진 내 영혼 속 어둠은 마지막 힘으로 성큼 일어나
쪽들을 맞춘다
덜 해진 쪽을 딱딱 딱
끌어오고 다 해진 쪽을
딱딱딱 끊어낸다

어둠아 아프고 저는 내 영혼 속 어둠아
딱 또닥 딱
어디로 날까 아래로? 아니면
위로?
아래로 꺼져서 더 떨어질 수 없을 만큼 처박힐까
위로? 조금이라도 위로?

딱 딱 딱
아직은 머뭇거릴 힘 밖에 없다
두드리고 있어라
꺼질지도 모르니
소리들을 붙든다
그러니
똑 똑 똑,

똑 또독 똑

이명

바람이 오리나무들을 나팔 분다

소나기가 타타박 타타박 마당을 조각낸다

흑갈색 숫말의 사이렌에 읍내 중앙길이 소실된다

피다 만 사랑들이 천천히 떨어져 눈물 못 수면을 무음으로 퉁긴다

밥 찾는 고양이 발걸음 소리가 송춘식당 새벽 문을 연다

네 살 바기 조카가 굼벵이 뒤집을 때 비명을 깔 깔 깔 깔

콩새 울음아 옥타브 속을 뫼비우스씨 네모 속을 허목수네 대패 밥 더미 속을 찔러라 찔러라

부엌 목욕하는 엄마 물소리에 느낀 잠이 깊어졌다

마이너스 데시빌은 다음 생에 오라

달팽이관으로 한 평생이 모인다

숟가락

이 없는 할머니는 참외를 숟가락으로 긁어드셨다

할머니의 손들은 닳아서 평면으로 계셨다

할머니의 위는 주먹처럼 짧았겠다

손잡이는 길고 한 쪽이 닳아 없어진

둥글지 못한 패이고 헐은 위

삭이지 못한 채 내려보냈다

소다 가루는 할머니의 반쪽 삶이었다

반쪽으로 청상을 사셨다

그 아드님은 그 반쪽을 또 반으로 파냈다

팔십하고 반 십의 평생은 사분의 일 손이었다

풀의 말을 전하다

풀들은 조용하다
인사도 없이
길 버리고 한가하다

그대는 단 것을 찾는가
생명은 쓰다고 말해줄까
갈 길 모른다

달콤은 망친다
이빨을 자궁을
장부를 스카이 돔을 포렌식을

날아가는 바람이
말한다
버려졌지만 여기로 오란다
여기로
낮춘 소리는 크다

나부끼는 풀의 사랑이
나지막하게
누명은 아니니 쓰고 보자
잊혀진 길은 이곳에

커피

아침의 그녀가 왔다
저녁의 그녀는 없다
아침을 존중하고 저녁을 배격하는
실은 그 거꾸로 일 것 같은 그녀
맑은 하늘이 떨어진 원을
흐림 또는 비의 회색이 드리운 원을
찌그러뜨리는
아침이 좋은 그녀

여신은 아침에 기력을 회복하지만 방황한다
나뭇잎이나 열매 하나의 그림자를 원 위에 던지고
소나무와 자작나무 가지를 건드리고
지나는 바람도
내려앉으니
원은 다시 기운다
조금 전 뛰어내린 의식을 따라가는
벽돌 같은
갈색, 갈색은 그러나 균형을 잡는다

저녁을 살고 싶은 그녀
잠은 아직 멀고 숨이 찼다

야수들의 영토는 세상의 끝 저물녘을 사랑해
밤을 흠모하여 원을 두고 멀어지지 않을 거야
돌아와
멈추지 말아줘

시래기

엄마
파란 엄마
심성 좋다는 줄기
벌로 길어진 엄마
세로의 서러움 빨아올려
물관의 눈물은 곧아서
휘어지지는 못해
빳빳한 엄마

엄마
음황색 엄마
바람의 세월에 바랜
쭈그러든 사랑들
이제야 끓어오르는 엄마
텅 빈 남편 안
타협은 멀어 색은
어둡고
굽어 눕는 곡선의 엄마

스마트 육십

오뉴월 김장독 새로 헌 김치
삭은 신선한 맛으로 클릭 클릭
남은 날들 살고져 허그 어서 와
가시 찔린 고막의 훼손들은 보조 앱이 필요해

청보리 묵은 밭 너머
아지랑이 이랑에 놀란
빼꾸기의 투덜 펀치 버전 3.1
하늘에 구멍 뚫어 놓는다
따라가다가 잠깐 멎는 빠른 인스톨

담쟁이 얇은 손바닥 가르르 가르르
오르다가 뒷집 막내 코 물고
팔짝 팔짝짝 노는 소리 터치 앤 푸시
멈추고 돌리는 귀, 열 오른
고요와 기능은 지금 무한 업데이트 중

잠들어도 사각 사각
잔소리를 할 때도 사각 사각
사각 윈도우를 손아귀에
우리 가뿐한 마냥 철든 날
Occupy Life! 포맷은 없다

잘 풀리는 집

당기면 알몸을 향해 달리는
가속도 있지
물에 닿으면 물이 되는 동화력 있지
정화조의 좁은 숙성에서
부활의 바다로 효능의 콸콸
출세라

후생을 뒤져라 로또 벼락 때려줄 손
하나 점지해야지
어느 필생의 문제라도 광속으로 푼다
전망 있는 땅 목 좋은 상자는 눈 밑으로
까면서 웃자고
근심은 고객지원 차원에서 자동
멀티 탑 시스템으로 제거되거든

코스닥 코스피 바닥을 때려봤자
본래 밑과 친근했어 덤덤이야
곧장 밀어주는 것
영달의 본질은 아래로 갈수록 잘
닦아주는 것
번쩍

그러니까 번쩍 자자손손 쾌통의 집
그 집

부추전

비 죽 죽 내리는
봄날 저녁
부추전이 먹고 싶다

창문 열고 빗줄기를 두어 주먹
베어 들여 씻고 다듬어
물기를 말린다
추적추적 길이를 매만져 짤막하게 썰고
끓어 대야에 푼다

감아서 묶어 내린 머릿발에서
물방울이
하나 똑 떨어져 들어가도
건져내지 않는다
어디서나 만난 낙수로 반가울테니
뜨거운 팬 안에서
쏴 쏴 빗소리가 익어갈 때

잘 울던 버들머리의 어린 날
여린 끝을 골라 주던
옹기 손길도 없어서

빗살무늬는 헝클어져도 익는 소리를
벗어나지 않는다

성숙한 봄밤
물 빛깔 풀어 넣어 초록이 흐려진
그리움 그대 처마 안으로
안긴다

머나 먼,

새벽 비 찬 공기에 깨어
벽 쪽으로 돌아누우니 어머니
어머니,
당신이 계셨습니다
차갑게 계셨습니다
가까이 오셨지만
하지만 체온은 오지 않았습니다

혼인의 짧은 세상에 치어서
멎은 한 생
오래 만년 오래 나아가도
멈춘 그 자리에 눈길
써늘한
웃음조차 기형이십니다

밤사이 분주한 걸음들로
지탱하셨을 빈 가슴에
들어가 앉아도
제어되지 않는 원격 조종의 한기
먼 서러운 분

아직도 비 그치지 않았습니다
아침은 없나 봅니다

나의 예수

벽에 걸린 십자가를 내려놓았다
젊지도 않은 젊은 얼굴이 돌아본다
고맙소
좀 눕고 싶었다오

흐르는 것들은 수평을 좋아하지
휘지 않고 높낮이가 없어야 돌기가 쉽다
살

다음날
그는 다시 올라가 계셨다

2천년의 과로를 어떻게 빼느냐만
몇 년은 빠진 얼굴에
날랜 피살 울울 불불 어느덧 젊어져

누운 나를 재촉하는 눈으로
내려다보고 계셨다
다시 살

강이 자꾸 생긴다

이마에 흐르는 첫 강은 어디를 적시려고 생겼을까
어디를
답을 얻기도 전에 또 하나 강이 생겼다
처음에는 실금이다
처음에는 울먹임이다 지류들은 비늘을 쓰고
굵어지고 깊어져
제법 물살이 세고 빠른 동맥이 되어
흘러 바다로 나간다
심장으로 가지 않았다
심장을 외면한 동맥은 오므라든다는
쓰러짐 닮아간다는

다시 강들이 생겼다
내려가며 길을 내고 판다
물은 풍부해도 윤기는 줄어든다
아래에서 올라오는
강 길은 울며 불며 엄마를 찾아나갔다
얼굴 밖에 찰랑이는 무한히 너른
엄마
자기의 근원은 바다라면서
까만 바다

하나를 따라서 둘이 셋이
엮이는 것은 몸의 역사
의식의 미래이기도 하다고
죽을 줄 모르고 바다로 나가 빠져들었다

바다는 최초의 시작 물로 다시 일어나
몸의 과거 바쳐 솟아라
푸른 맥으로 돌아오너라
여기도 저기도 실 강들은 파닥인다
빨간 산소통들을 거느리고
저 세상은 아빠

휠체어

어머니를 밀고 가는
젊은 근심의 딸
미래는 과거로 치환되고 싶다

어린 아들을 굴리고 가는
수심의 아빠
현재는 미래로 달리고 싶지 않다

건너뛰고 싶은 미래
끝날 수 없는 과거

현재들은 닮았고
나누고 싶다
덜어낼 소모가 없어도

4부

국제빗물포럼

모든 곳에서 오는 모든 것들은 보편적이라
보편적으로 사용되어요

쓸어내는 역할을 곱하고 나누어
모든 곳에서 사용되는 개념을 적용하여
그리하여
모든 시간에서 사용되는 형태를 통합하여

지구적인 힘으로 청소하는 일반을
주옵소서
빌어요
세상적으로 빌어요

곧고 세찬 줄기들을 묶어서
몇 개의
몇 몇 몇…개의
초국적인 빗자루들을
만들어야겠어요
만들어야 겠 어 요

바나나를

점심시간이 훨씬 지나 있었다
너른 바다엔 노란 고기가 없어서
공원을 택했다
이곳엔 노랑들의 잔치가 언제나 벌어질 수 있다
울지 않는 노랑
나의 대답 예스란
바다의 끝
내 마음의 시작
노란 고기들은 투명을 헤엄치지만 한 마리
두 마리 세 마리
자기를 먹어치운다
아니 아니
너를 잊지 않으려면은
아득 하늘 저 희미한 색깔들의 중첩
그 속으로 사라져간 시간들
배고픔의 바닥은 손 안에 익어갔다
나의 그늘 그 끝 어디쯤
시간은 살아나고 살아나서
둥근 바다를 에워싼다
나는 그림자를 일으켜 고기들을
토해내었다

저녁이 아직 먼 이 세기
고기가 목격한 공간들은 흘러내려 갔고
고기가 기억하는 그 시간은 파편되어 흩어져 갔고

넘어지다

한쪽 먼저 길어지고 나야
다른 쪽이 이어서 길어진다
키는 자라고
자라지만 절뚝인다
동시에 자라지는 않는다
언제나

길어진 한쪽에 맞추지 않고
제 욕심에 길어져
하나가 다른 하나 보다
언제나 길다

길이가 다르기에
절룩인다
같게 만들어 가야 하는
좌와 우, 상처들은
아픈 배반

넘어진다
또

순수한 아기

독약을 허가받고 파는 아빠
독약을 필수라며 꼭 사는 엄마
돌아가며 챙겨주다 부어주다
치명적인 애정아
나중에 왔으면서 먼저 가면
효율적인 생
굿바이 부모
오 르부아르 세상

독과 세상은 지나치게 어울린 나머지야
매력으로 독은
세상을 키우고
중독으로 세상은
악을 경배해 생성해
우리는요 분무 끝에 해체되는
꾸밈없이 간단한 아기
벌써 단축키를 알아버린

다시 만나 이 세상의
다음 세상아
아기는 부모를 종말로 해후할 거야
해독을 증류해 보은을 증거할 거야

우파

지도를 펴놓고 오른쪽과 왼쪽이 같은 높이가 아니라는 사실을 발견했을 때
오른쪽은 높고 왼쪽은 낮아 산악과 평야로 갈리어 있다는 것을 알았을

때가 까마득한 옛날이었다

오른팔은 굵고 왼팔은 굵지 않다는 사실을 알았을 때
그리하여 오른팔의 힘이 세고 왼팔의 힘은 세지 않다는 사실을 알았을

때는 그로부터 한참 뒤였다
오른손잡이의 오른 것이 강한 것이 당연한 것이었을 때,

오른쪽에는 충치가 없고 왼쪽은 충치로 두 개째 씌운다는 사실이 충격이었을 때
몸살이 오면
왼쪽 편도선만 붓는다는 사실이 무서웠을

때는 그로부터 더 한참 뒤였다
오른쪽은 왼쪽이 약하다는 사실을 인정해야 했다

낮은 데서는 시야가 좁다는 것을 모르면 높은 데 있을

자격이 없다는

것을 안다
왼 것을 주무르고 쳐지지 않게 받쳐주는 것이 동반이라는

그간의 뽐은 갚아야 할 빚인 것을 안다
왼쪽이 전진에 방해된다고 타박하지 않는다 생색내지 않는다
는 것이 당연한 것일 때

할 일을 하는 것이라
힘이 같아지기를 기다려준다 무게와 길이가

나의 너가 너의 내가 아니면 나는 내가
아니니까

쌀만 가지고는 밥을
지을 수 없으니까 땔감이 있어야 불을 지피니까

길이가 같아져야 무게가 같아져야 대칭을 이루어야 기울지 않으니까

오로지 새벽

마침내 결전, 별 군들은 반성을 모르는
끝없는 밤을 한 곳으로 몰았다
지략과 용맹의 장군은 멀리 홍강의 상태를 읽었다
불 성 위에 올라
배를 띄우고 저으라 묵령했다 빛의 세력은
차가운 밤사이 떨지도 않고 하류로
밤의 가장자리 흔들리다가 이내 돌아서
복판으로
상류로 밤의 내장들을 파들었다

분노와 눈물로 서명된 함성에
웃음으로 봉인된 깃발들, 원시로부터의
범람하는 밤이여 아래를 보라
꺼지지 않았느냐 뒤를 보라
기댈 데가 없지 않으냐
변방이며 중심이었던 오랜 허위의 밤이여
망루에서 서치의 빛다발이 길게 울린다
밝은 세력이 어두운 세력의 목을 비틀었나니
불은 태워서 없음을 만든다
불은 태워서 있음을 만든다

나팔은 다정하고
열리는 하늘의 양 빰이 훤하다
아침을 준비하는 강안
상처 난 돌들 날아오르는 작은 새들
장군에게 새움 같은 미소들을 보낸다
은은하구나
사람들은 아직 잠 속에서 편안하다
암흑이 다한 뿌리여
어린 나무들이 모르는 척 살핀다

소녀들 날고싶다

꼬아 묶은 댕기 머리
마음아 붉어서
서러워져서
보내리 먼님에게
피지 못한 내 젊음
거두어가라 핏물 기억
잊으리라 몸서리

까만 장막 머리 흩날리며
거닐던 봄의 교정 그리워
개나리 웃음 명랑
지난 날 부르지만
아침 머리 빗는 동창의 햇살
여전히 고와도
가라앉았네
푸른 빛나는 내일은

멈출 수 없는 꿈
한 문장의 꿈
깃 촉 같이 품었네
앞가슴 박동으로 기운 껏 펼치라

비단 머리 날개여
어둠이야 떨치면
멀어져
그대 바라고 날으리

깃대

옛날의 카테리니에 가려면
역으로 가지 말고
또 역으로 가서는
깃발을 올려야 하네

모이면 얻고
흩어지면 잃는다고
깃대는 솟았네

봄의 목포에 가려면
부푼 손수건 말고
노란 리본을 흰 꽃대를
들어야 하네

0시의 하늘 나머지 길에는
작은 배를 띄우네
기적이 펄럭이네

그 봄의 아이들은 길을 잃고
울음을 잃고
적막의 깃대를 맴도네
깜깜해서 사무쳐서

건리곤감, 저 멀리

하늘이 별과 물을 내려주어
생명을 모자람 없이 키웠네
땅의 불과 쇠로 이기를 벼려
재화를 부끄러움으로 불렀네

건리곤감이야 천화지수야
군불 같은 팔복으로 오래 버틴 사람들
죽어도 살았네
살아도 다 못 살았네

적도들이 막은 숨길
훤하게 탁 탁 뚫리고
끊은 맥이 우르릉 우르릉
이어진 날 이날에

심장의 얼룩이 철모에 좌절의 눈물 고여도

언약의 땅 반도에 외래의 먼지 앞을 가려도

솟아나라 깃대는 까마득하니
펴져라 깃발은

나이테가 원을 찢고 나가도록
새벽빛 영원 바라고
바라고

고졸

기교가 없으면서 예스럽고
소박한 멋
그것을 가지면
고졸한 사람

높은 학식에 명석
따뜻한 심성에
칼 같은 의로움
그것을 가졌어도

고졸이면
고졸한 사람

컵라면

라면 계에는 감원 바람이 오래전에 불어 닥쳤다
맨 마지막까지 남은
컵라면 종에게 구원을 보내기 위해
우주계는 빛의 속도로 은하를 수직으로 풀었다
빛의 속도로 풀려도 5시간 48분은 걸렸다

굵은 투명 은하 안에는 견우와 직녀가
운석 의자에 앉아 있었다
팔들을 낀 채로 19년 바구니를 들고
바구니 안에는 사탕들이 삼색으로 빛나고 있었다
흔들릴 때는 정규정규거리는 소리를 냈다

컵라면은 바퀴 소리가 들리면 풀어지지 않았다
외주화가 짖어도 소용없었다
젓가락이 건드리지도 않았는데 부러졌다
먹을 시간이 모자라면 주인이 그를
떨어뜨리고 정비와 점검들을 부순다고 했다

견우와 직녀는 컵라면에게 우리 따라
올라가자고 배반을 말했다
우리가 그래도 같은 종족이니까 믿음은 덜 설 것이라고

주인이 불쌍해서 못 간다면서 라면은 울었다

은하의 오래된 남녀는 평등은
너무 어렵다며 한 숨을 쉬었다
삼색 사탕에는 세계 경제가 조금 녹아있었다
먹어보아
불평등이 칠색 사탕으로 사각해질 때까지

웃자 사과나무

아침 사과를 먹다가 내 나무를 생각한다
지상에 단 한 그루 나의 나무가 자란다
나의 나무는 사과나무
많지도 않은 딱 한 그루 자란다
내 이름을 달고서

지도에서만 본 평양 능금동
멀어서 가깝다
방안에서도 보이는 사과밭, 나무는 캬르륵 웃는다
가지가 푸하하 잎사귀는 포호호
어린 웃음들이 자란다
겨울에는 안으로 웃고
여름에는 밖으로 웃어서 과즙을 모은다
네 번의 겨울과 네 번의 여름이 가면
내 사과의 종과는 웃음 종 기쁨 과

나의 나무는 나의 사과들이 되어 아이들을 굽어본다
눈물이 더 가까운 아이들아
그 사과 먹으면 소리 나게 자라리
반도의 잇자국 난 검은 허리 펴지리
웃음의 종아리들아 건너 뛰어라

햇살이 껍질처럼 반짝이는 이 아침

토양 속의 모든 사과여 시대별 모든 기대여
허리를 흐르는 눈물을 지워주는 단물로
반짝이리
이념의 쌍꺼풀을 지운다
부은 얼굴에 가벼운 주름이 즐거워
흔들어도 벌어지지 않을 선들이여

똑딱선아 가자

상처 많은 사람들이 모이면 서사가 굽이친다
나라 잃은 사람들은 일본에도 가고 만주에도 갔다
마음의 정처를 잃은 그 여자와 그 남자는 어느 날 군산에
갔다
그리고, 그곳에는 거위의 붉은 발바닥을 읽어주는 짤막한
시가 있었다

액자를 벗어난 늙은 바다는 대나무 방풍림 사잇길을
흘러나가 혼자서
마음 놓고 죽으러 널리 널리 드러누웠다
한 뼘 마음은 다가가지 못해 국수 가락만 빨았다
골방에 숨긴 햇빛은 눈길이 붉어져서 밤 길을 쫓았다
아코디언, 아코디언 울음소리에 카메라는 다리들을 모
으고 멈추었다.

너 어디쯤? 똑딱

첫 돌

엄마 나 태어나고 돌잔치 한 집 있잖아요. 그 때 우리 세 살았지요.

셋집이지만 마당이 있었어요. 마당은 있었지만 흙은 없었어요.

시멘트를 발라서 덤덤한 회색이었어요.

쓰레기 같은 것 하나 없고 매끈한 깍쟁이 바닥만 있었지요.

아빠는 그때 울퉁불퉁하지 않아서 내가 걸음마할 때 걸려 넘어지지 않을 거라며 좋게 말하셨어요.

비올 때 하수구가 막히면 불통의 바닥은 바다가 되었어요.

며칠 전에 그 집에 가 봤어요.

마당은 여전히 시멘트였고 그때보다 좁아져 있었어요.

아래채를 들였더군요.

내 이마의 동전 모양 흉터는 그 집에서 생겼잖아요.

걸음 배우다가 넘어져서 바닥에 세게 찧어 생긴 거요.

마당이 흙이었다면 상처가 그 정도로 깊게 나지는 않았을 거라고 아빠가 속상해하셨어요.

흉터 때문에 예쁜 얼굴 버렸다고 젊은 엄마는 눈물까지.

결국 그 집에서 이사했지요.

엄마 아파트 넘기고 그 집 사 가면 안 될까요.

첫돌인데 약속해주세요.

내년 후년 또는 내후년 생일에 받을 선물로 약속해주세요.

받고 싶어요.

나무들 부쩍 부쩍 자라고 아침 꽃 저녁 꽃 따로 보는 집요.

새도 나비도 벌레도 새끼 거느리는

자기 집을 갖는 집요.

지렁이와 달팽이가 경주하는 집요.

내 평생에 눈총받던 흉터 받은 집 사서 색깔을 바꿔주세요.

사철 색들이 서로 시샘하는 곳으로 꾸며주세요.

내가 좋아한 빨간 장미는 심지 마세요.

잘 구르는 수레국 알아서 지키는 찔레와 흘러 넘는 능소화 꽂아주세요.

아파트 값이 오르는 속도가 못 따라가게 빠르게

이파리와 가지에 파묻히는 집으로

맥박치는 흙과 김 올리는 거름의 집으로 키워주세요.

영혼 한 살 주미 올림,

발문

삶을 독학한 자에게 11월 장미를

복거일(시인)

김수려의 시집 『물이 되어 저물도록』에 실린 시들은 요즈음 젊은 시인들이 쓰는 시들과 같다. 시인이 1950년생이라는 점을 생각하면, 이 점은 흥미롭다. 시인 자신의 설명에 따르면, 대부분 50대 중반 이후에 씌어진 작품들이다. 함께 이 시집 원고를 읽어본 어느 중견 평론가가 맨 먼저 한 말도 내 생각과 같았다, "젊은 시인들처럼 쓰시네요."

젊은 시. 아마도 상대적으로 젊은 시일 것이지만, 이것을 특질이라 한다면 김수려가 독학으로 삶을 끌어왔다는 사실과 무관하지 않은 것 같다. 그의 독학은 여상고를 졸업, 잠깐의 직장생활을 접고서 혼자 공부로 대학의 인문학 전공으로 크게 진로를 바꾼 것에서 시작된다. 평론 등단에도 특별한 지도나 경험 전수를 받은 적이 없었고 시 역시 혼자 공부한 것으로 전해진다. 독학한 사람들의 특징은 무엇보다 영향받지 아니함에 있을 것이다. 외부로부터 쉽게 고무되지 않고 쉽게 위축되지 않는다. 스스로의 판단으로 가야 할 길이면 걷고, 해야 할 일이면 한다. 그의 시가 젊게 읽히는 것은 시 쓰는 자아가 오래되지 않았기 때문인 것 같다. 그의 시는 아직 늙을 사이가 없지 않았을까.

막상 그녀의 작품들을 감상하려면, 그러나 쉽게 읽히지 않는다. 시인의 감정이 날카롭게 노출되어서, 사금파리를 집어 드는 느낌이 든다.

나는 서늘한 한기에 젖어
아침 성가를 부른다
위로 뻣뻣한 머리칼
주여
나에게 나에게
펄 펄 뛰는 피와 위안을 주소서
뜨거운 시간을 희유하게 하소서

—「졸았다」의 부분

이 "펄 펄 뛰는" 사금파리를 조심스럽게 집어 들면, 문득 "서늘한 한기"를 느끼게 된다. 그래서 한글로만 씌어진 "희유"라는 낱말 앞에서 망설이게 된다 — 흔하지 않은 것이 있다(稀有)는 뜻인지, 즐겁게 논다(嬉遊)는 뜻인지, 아니면 실없는 짓을 하면서 논다(戱遊)는 뜻인지. 문맥으로 보면, '稀有'로 읽는 것이 적절할 듯한데, 나로선 '戱遊'로 읽었을 때 문득 솟구쳐 오르는 저항의 기세가 마음에 든다. 그것이 더 잃을 것이 없는 '이미 깨어진 존재'에게 어울리는 자세가 아니겠는가?

목청 센 곡부여
너무 길구나

올 슬픔은 그만하니
내년 슬픔에 와다오

—「매미」 전문

무심코 읽다가 마지막 구절에서 문득 사금파리에 손을 베는 듯한 느낌을 받는다. 무슨 위안도 마다하고 자신의 슬픔을 완강하게 껴안고 살겠다는 선언 앞에서 독자는 자신도 모르게 잡았던 사금파리를 떨어뜨리게 된다.

있음으로 있어 보지도 못하고 깨진다
피를 뱉아 세상을 잠갔다

—「세상을 잠그다」의 마지막 부분

시인이 "세상을 잠갔다"고 가볍게 말할 때, 마치 '수도꼭지를 잠갔다'고 하듯 가볍게 말할 때, 우리는 깨어진 사기 그릇의 한 조각인 사금파리가 품은 완강함에 충격을 받는다. 그리고 세상을 잠그는 것이 무엇을 뜻하는가 성찰하면서 손에 쥔 사금파리의 날카로운 날을 살피게 된다.

여기서 물음 하나가 거세게 고개를 쳐든다, "그처럼 괴롭게 사금파리를 집어서 살피는 것이 과연 비용을 넘어서는 가치를 지닌 일인가?" 시인이야 물론 확신한다, 그렇게 괴로운 성찰이 가치가 있다고. 그러나 시인은 또한 안다, 독자들의 의견들은 엇갈릴 터이고 긍정적 답변을 내놓는 독자들이 그리 많지 않으리라는 것을. 그래서 그녀는 정면에서 그러나

조심스럽게 묻는다.

앉아도 될까요?
쉬고 싶은데

—「앉아도 될까요?」의 첫 연

"그럼요. 앉아도 돼요" 하고 선선히 대꾸할 독자들이 아주 드물지 않기를 희망한다. 60편이 넘는 시들을 거듭 읽고 나면, 손에 아프게 닿는 60조각이 넘는 사금파리들을 하나씩 살피고 나면, 묘하게도, 정말 묘하게도, 그 사금파리들이 모여서 깨어지기 전의 사기 그릇의 모습을 희미하게나마 보여준다는 느낌을 받게 된다.

늦어도 할 일은 하느라고
분주하다

울음 끝에 매달린 마음
달랑
하나라고 허투루 보지 말란다

너 오면 내어주려고 붉힌
얼굴 한 점이여
초록이 없어도
빼어나다

—「서리 장미」 전문

이 아름답고 힘찬 시에서 우리는 날 선 사금파리들이 지향하는 질서를 어렴풋이 느낄 수 있다. 시인은 '자기 손으로 잠근 세상'을 열고 서리 속에서 피는 장미를 말없이 가리킨다.

젊었을 적에 박경리의 『토지』를 분석한 평론이 조선일보 신춘문예에 당선되어 문단에 나온 평론가가 머리에 서리 덮이는 나이에 이런 작품을 담은 첫 시집을 세상에 내놓는 것은 시를 사랑하는 모든 이들을 흐뭇하게 할 성취다. 그런 성취가 이어지기를 기대한다.

물이 되어 저물도록

초판 1쇄 인쇄 2019년 4월 25일
1쇄 발행 2019년 4월 30일

지은이 | 김수려

펴낸곳 | 북앤피플
대 표 | 김진술
펴낸이 | 김혜숙
디자인 | 박원섭

등 록 | 제2016-000006호(2012. 4. 13)
주 소 | 서울시 송파구 성내천로37길 37, 112-302
전 화 | 02-2277-0220
팩 스 | 02-2277-0280
이메일 | jujucc@naver.com

ISBN 978-89-97871-41-4 03810

'이 책은 한국예술인복지재단에서 제작비 일부를 지원받았습니다.'